La princesa Lunari
supera la timidez

Por
Michelle Lee Graham

La princesa LoHart supera la timidez

Copyright© 2022 Michelle Lee Graham, TODOS LOS DERECHOS RESERVADOS.

Ninguna parte de este libro, o sus materiales auxiliares asociados, pueden ser reproducidos o transmitidos de ninguna forma o por ningún medio, electrónico o mecánico, incluyendo fotocopias, grabaciones o cualquier sistema de almacenamiento o recuperación de información sin el permiso del editor.

Editora: Alexa Tanen

Ilustraciones: Yelyzaveta Serdyuk

Formato: Rocío Monroy

Este libro está dedicado a mi valiente hija Lauren Hart (Lolo). ¡Que tu confianza en ti misma y tu fuerza sigan brillando para siempre!

Mención de Honor:
Mason Christopher, eres fuerte, amoroso y ambicioso. ¡Que tu vida sea siempre un ejemplo de la bondad de Dios para los demás!

¡Ambos han traído a mi vida plenitud y alegría!
Con amor, mamá

Érase una vez,
en una tierra lejana,
vivía una hermosa joven,
llamada Princesa LoHart.

Ese día, la princesa Lohart se sentía curiosa y tímida. Una familia nueva se había mudado al castillo cercano, y la Princesa LoHart esperaba que hubiera una niña de su edad con la que pudiera jugar.

Aunque la Princesa LoHart tenía todo el castillo para compartir con su hermano, el Príncipe Christopher, a menudo se sentía sola y quería jugar con otra niña.

Tanto el Rey como la Reina trabajaban muchas horas y esto significaba que la Princesa LoHart tenía que encontrar cosas que hacer para divertirse por su cuenta.

La princesa LoHart observó a través de sus binoculares rosas cómo la nueva familia comenzaba a mudarse al castillo de al lado. Vio impresionantes sofás rojos, cómodas doradas y majestuosas sillas azules.
Esos eran sin duda muebles de la realeza.

Desafortunadamente, no parecía haber nada para niños. Observó durante horas, con la esperanza de ver a un nuevo amigo.

¡Finalmente, vio exactamente a quién estaba esperando! Otra niña entró en el castillo con un oso de peluche. Parecía un poco asustada mientras se acercaba a su nuevo gran castillo.

Por mucho que la Princesa LoHart quisiera correr y conocer a esta nueva chica, sintió que su estómago le dolía ante la idea porque se sentía muy tímida. No recordaba haberse sentido tímida antes.

Después de una larga y decepcionante pausa, porque no pudo armarse de valor, la Princesa LoHart decidió que debía ir a buscar a su hermano, el Príncipe Christopher

El príncipe Christopher estaba emocionado de que ella quisiera jugar con él. Aunque inicialmente no estaba muy emocionada de pasar el rato con su hermano menor, no pasó mucho tiempo antes de que los dos comenzaran a jugar juegos y usar su imaginación.

Se persiguieron con sopladores de burbujas, jugaron al escondite,

y realmente disfrutaron de una búsqueda de tesoros, buscando nuevas criaturas increíbles, formas y cosas inusuales en los terrenos del castillo.

Al día siguiente, la princesa LoHart volvió a pensar en la niña que se mudó al castillo cercano. Se preguntó si querría que fueran amigas.

Casi tuvo el coraje de acercarse, pero nuevamente la timidez se apoderó de ella y sintió que su estómago le dolía de nuevo ante la idea.

Más tarde ese día, el Príncipe Christopher apareció en su habitación.

"¡Oye! Me dirijo al castillo cercano, ¿quieres venir?"

"¿Qué?"

Ella estaba sorprendida. Sintió muchas cosas nuevas, curiosidad, emoción y miedo.

"¿Por qué vas hacia allá?"

"Voy a conocer a mi nuevo mejor amigo", dijo con confianza. "Vi a un niño de mi edad y voy a jugar con él".

No estaba nervioso, tímido o preocupado.
La princesa LoHart estaba un poco celosa.

"Ummm, no sé si quiero ir", respondió ella, sintiendo ese dolor de estómago que ahora ya era muy familiar.

"¡Bueno!"
Y se fue a encontrarse con su nuevo mejor amigo, sin ninguna preocupación en el mundo.

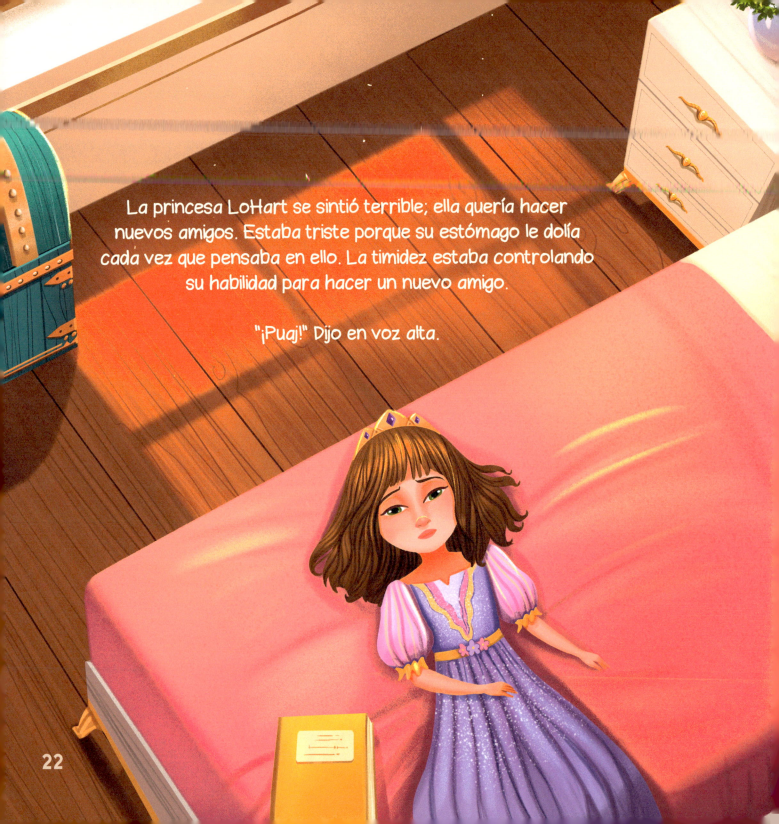

La princesa LoHart se sintió terrible; ella quería hacer nuevos amigos. Estaba triste porque su estómago le dolía cada vez que pensaba en ello. La timidez estaba controlando su habilidad para hacer un nuevo amigo.

"¡Puaj!" Dijo en voz alta.

"Tienes que ser valiente y simplemente ir a conocer a esa nueva amiga".

Se arregló el vestido, se alisó el cabello y respiró hondo, preparándose para dar el siguiente paso y caminar hacia el castillo cercano.

La Princesa LoHart se sorprendió al ver al príncipe Christopher abrir la puerta.

Entonces escuchó la voz de otro niño.

La Princesa LoHan se dio la vuelta para caminar de regreso a su habitación.

De repente, escuchó una voz diferente, una niña de su edad.

"¿Tu hermana está en casa?

¿Los vi afuera jugando ayer y esperaba poder jugar con ustedes?"

La princesa Lohart sintió que se le revolvía el estómago, pero esta vez no era por timidez.

En cambio, era emoción.

Ella también quería ir a jugar con ellos.

Bajó corriendo las escaleras del castillo y se unió a los demás en la puerta de la entrada.

"¡Me encantaría jugar!"

Durante las siguientes horas, el Príncipe Christopher, la Princesa LoHart y sus nuevos mejores amigos jugaron juntos y crearon nuevas amistades que durarían toda la vida.

Este fue solo el comienzo de sus vidas juntos.

Cuando su mamá terminó la historia de la noche, Lauren sonrió y se acurrucó más profundamente en su cama. Estaba emocionada de escuchar más sobre las aventuras de la Princesa Lohart y esperaba poder ser valiente también.

Estaba muy ansiosa por ir a la escuela y parecía más feliz que de costumbre cuando su madre se detuvo en la escuela.

"¡Que tengas un gran día Lolo!" le dijo su madre.

Cuando Lauren entró en el salón de clases, sintió que su estómago le dolía, la timidez intentaba tomar el control, pero recordó lo que hizo la Princesa LoHart.

Lauren se arregló la camisa, se alisó el cabello y respiró hondo, tratando de ser valiente. Se acercó a la chica nueva en la escuela.

"Hola, mi nombre es Lauren. ¿Quieres jugar conmigo?"

OTROS LIBROS DE MICHELLE :

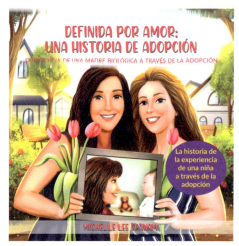

Todos los libros están disponibles en inglés

Disponibles en

Escanea el código para obtener tu propia copia

SOBRE LA AUTORA

Michelle Lee Graham es una autora, que ha publicado cuatro libros para niños y una inspiradora novela sobre su vida como madre. Además, Michelle es directora ejecutiva de una gran organización sin fines de lucro en Santa Bárbara, CA. Está orgullosa de ser mamá y abuela. Con más de treinta años en educación temprana y criando a cinco hijos, Michelle tiene muchas historias creativas y entretenidas para compartir.

http://michelleleegraham.com/

Made in the USA
Columbia, SC
12 May 2025